SONO SUPERLATIVI...
SONO SUPERSONICI.. SONO I

SUPERTOPI

E QUESTE SONO
LE LORO AVVENTURE!

Geronimo Stilton

IL SUPERATTACCO DELLE MARGHERITE ZANNUTE

PIEMME

Testi di Geronimo Stilton.
Coordinamento testi di Chiara Richelmi*, con la collaborazione di* Margherita Banal *(Atlantyca S.p.A.)*
Soggetto e collaborazione editoriale di Andrea Pau.
Coordinamento editoriale di Patrizia Puricelli.
Design originale del mondo dei Supertopi di Giuseppe Facciotto *e* Flavio Ferron.
Editing di Benedetta Biasi.
Coordinamento artistico di Tommaso Valsecchi.
Copertina di Giuseppe Facciotto *(disegno) e* Daniele Verzini *(colore).*
Illustrazioni interne di Luca Usai *(matite),* Valeria Cairoli *(chine) e* Daniele Verzini *(colore).*
Grafica di Chiara Cebraro.

Da un'idea di Elisabetta Dami.

www.geronimostilton.com

I Edizione 2013

Stampa: ELCOGRAF S.p.A. - Via Mondadori, 15 - Verona

Questo libro è stato stampato su carta certificata FSC ®

FSC www.fsc.org
MISTO
Carta da fonti gestite in maniera responsabile
FSC® C115118

QUANDO SCENDE LA NOTTE,
E LE PANTEGANE ESCONO DALLE FOGNE
CON ARIA FURTIVA,
I CITTADINI DI MUSKRAT CITY
SANNO DI ESSERE AL SICURO.
DUE FIGURE MISTERIOSE VEGLIANO SU DI LORO,
PRONTE A DIFENDERE I DEBOLI
E A COMBATTERE I CATTIVI.
SONO FORTI, SONO INVINCIBILI,
SONO SENZA PAURA (QUASI)...

... SONO I SUPERTOPI!

SUPERTOPI...

SUPERGER

È il supertopo più forte di Muskrat City... ma deve ancora imparare a usare i suoi poteri!

SUPERSQUITT

Fa coppia fissa con SuperGer: Riesce a trasformare il suo costume in tutto ciò che vuole!

LADY BLUE

Misteriosa super-roditrice, sembra essere sempre nel posto giusto al momento giusto...

COPERNICA

Cuoca-scienziata di Palazzo Squitt, è un aiuto prezioso per i Supertopi in ogni missione.

NEUTRINA E PROTONE

Aiutanti dei Supertopi, si destreggiano tra macchinari sofisticati e invenzioni supertecnologiche.

... E PANTEGANE!

BLACKY BON BON

Capo indiscusso della Banda dei Puzzoni, è noto per il suo carattere permaloso e irascibile.

KATERINO

Braccio destro di Blacky Bon Bon, è la vera (e unica) 'mente' della Banda dei Puzzoni.

MAKULA BON BON

È la moglie del Capo. Pare che in famiglia sia lei a prendere le decisioni importanti...

UNO, DUE E TRE

Guardie del corpo al servizio di Blacky Bon Bon, sono grandi e grossi ma hanno poco sale in zucca.

FIELE BON BON

Figlia adolescente di Blacky, ha un vero debole per la musica rat-metal.

UN TOPO DAL POLLICE VERDE

Era un **CALDO** pomeriggio di una **CALDA** giornata di primavera, e io ero al **CALDO** sul terrazzo di casa mia, a Topazia. Aaah, che giornata stratopica! Il sole splendeva nel cielo, l'aria era tiepida, e sulla città soffiava una **BREZZA** rinfrescante...
Oh, scusate, non mi sono ancora presentato: il mio nome è Stilton, *Geronimo Stilton*, e sono il direttore dell'*Eco del Roditore*, il giornale più famoso dell'Isola dei Topi.
Dovete sapere che di solito io ho sempre un sacco di **LAVORO** da fare, ma quel giorno avevo finito in anticipo e avevo deciso di

ECCO UN PO' D'ACQUA PER TE!

dedicare il pomeriggio... al GIARDINAGGIO.
Dovevo, nell'ordine, potare, concimare, innaffiare le piante, ma soprattutto... dovevo parlare con loro!!! COME? NON LO SAPETE???
Ma lo dice sempre anche Zia Lippa che parlare alle piante le rende FELICI, e le piante felici crescono sane e rigogliose, parola di roditore!

Così, mi misi a sussurrare alle MARGHERITE:

– Aaaah, care margheritine, siete in forma stratopica! E questo sole non potrà che farvi ben...

– OHILÀ, CUGINOTTO! Sicuro di sentirti bene?! – disse qualcuno dalla strada. – Stai parlando da solo???

Guardai giù e... UMPF!

Chi poteva essere se non mio cugino Trappola?

– Sto benissimo, Trappola! E se proprio vuoi saperlo, non sto parlando *da solo*!!
Sto... sto parlando alle mie PIANTE, *io*!!!

Trappola mi lanciò un'occhiata perplessa: – TSK TSK TSK, dai retta a me, Geronimetto... tutto questo sole sulla zucca deve averti fritto il cervellino!

Guardai mio cugino che si allontanava fischiettando...

Certo che quando fa così, Trappola è proprio un MUSO DI SCAMORZA!

Comunque non era il caso di perdere la calma.

In fondo, era uno stratopico pomeriggio di primavera, e, dopo il GIARDINAGGIO, avevo in programma di fare:

1) una stratopica merenda con scaglie di **PARMIGIANO STRAVECCHIO**;

2) uno spuntino con mousse allo **STRACCHINO**;

3) una bella scorpacciata di **FORMAGGI STAGIONATI** e lasagne al **TALEGGIO AROMATICO!**

Per mille mozzarelle...
al solo pensiero mi veniva l'acquolina in bocca!

Mentre pregustavo quelle delizie formaggiose, il telefono cominciò a trillare!

DRRRING! DRRRING!! DRRRING!!!

Io sobbalzai, mollai l'innaffiatoio, che volò in aria e ricadde DRITTO DRITTO DRITTO sulla mia testa, bagnandomi dalla punta dei baffi alla punta della coda!

SPATAPLASH!

Ma chi poteva essere?!?

– PRONTOPRONTO PRONTO! Geronim*ino*!!!

– Ah, Ficcanaso, sei tu... che *ehm*... bello sentirti! Stai bene?!

– URCAURCAURCA, quanto parli, supersocio! Vieni subito a Muskrat City!

Qui c'è bisogno di te... anzi, c'è bisogno di **SUPERGER!!!**

– S-sì, cioè... n-no, cioè... io non sono il tuo **supersocio**, sono Geronimo e in questo momento sto innaffiando le piante, e...

– **COMECOMECOME?** Vuoi dire che non puoi venire in missione speciale perché devi fare *giardinaggio*?

– Ma no... cioè sì, insomma, io...

– Bando alle ciance, Geronimino! La tua presenza qui è indispensabile, capito?!? **IN-DI-SPEN-SA-BI-LE!**

Poi riattaccò.

Io sospirai: ma perché perché perché devono capitare tutte a me?

Uf, forse potevo **TROVARE** qualche altra scusa, ma, niente, non mi veniva in mente niente. Niente di niente di niente...

E poi, se Muskrat City aveva bisogno di SuperGer, come potevo tirarmi INDIETRO? Così, rassegnato, presi la SUPERPENNA dal taschino, schiacciai il pulsante segreto, e un attimo dopo un raggio verde mi avvolse dalla punta dei baffi alla punta della coda trasformandomi in SuperGer!

BZOT!

Senza che potessi dire una parola, il mio costume partì a razzo verso il cielo azzurro, destinazione: Muskrat City.

– PER MILLE MOZZARELLE, AIUTOOOOOOOOO!!!

UN'OSPITE INATTESA

Arrivai a Muskrat City sfrecciando a VELOCITÀ stratopica tra alberi e palazzi. Poi scesi GIÙ GIÙ GIÙ in picchiata tra le macchine in corsa, i camion in corsa, le motociclette in corsa, diretto al cuore della città: Market Place.

SORVOLAI per benino la piazza, e...

– Che cosa succede qui?!?

Una folla di roditori si MUOVEVA disordinatamente sotto di me. C'era un gran baccano, c'era una gran confusione, ma soprattutto, *glom*... c'era... c'era un ESERCITO che si stava avvicinando a passo di marcia!

CHE COSA SUCCEDE?
?!

Scesi in PICCHIATA per raggiungere Supersquitt, che si stava guardando intorno preoccupato.
Non potevo lasciarlo solo: quello era un attacco, un agguato, UN'EMERGENZA...
Insomma, non c'era tempo da perdere!!!
Aumentai la velocità e atterrai accanto a lui.
– Benvenuto, SUPERGER! – disse Supersquitt, che ora sembrava supertranquillo.
– Per mille mozzarelle, Supersquitt, come fai a essere così rilassato??? Entriamo in azione SUBITOOO!!!
– COMECOMECOME?
– Entriamo in azione, ho detto!!!
– Sei nervoso, SuperGer?
– Beh, io...
– TUUU...?!?
– La città non è, *ehm*, in pericolo?!?

– **Per mille bananille spaziali!**
– disse Supersquitt. – Certo che no, supersocio!!! La città sta per iniziare i festeggiamenti!
– F-festeggiamenti, *hai detto*???
– **GIAGIAGIÀ**, supersocio! Guarda davanti a te!!! – disse lui, indicando il centro della piazza.
Io **GUARDAI** a destra e vidi tavoli stracolmi di gustosissime specialità al formaggio.

STRANO...

GUARDAI in alto e vidi festoni e bandierine appesi sopra le nostre teste.

MOLTO STRANO...

GUARDAI a sinistra e vidi un palco allestito per il discorso ufficiale del sindaco, Torbiera Derattis.

STRANISSIMO...

Ma... ma... ma...

Alla fine **GUARDAI** davanti a me e vidi l'esercito di poco prima che stava per entrare in piazza. Un momento... ma non era un **ESERCITO!**

Quella era... sembrava...
non poteva che essere...
la **banda musicale**
di Muskrat City!!!

Oh nooo, come avevo fatto a scambiarla per un esercito?

– **DUNQUEDUNQUEDUNQUE**, SuperGer, – disse Supersquitt, che (*per fortuna*) sembrava non essersi accorto di niente, – oggi Muskrat City festeggia la nascita di **Squittinardo Squitt**...

– Squittinardo-*chi*?

– Squittinardo Squitt! Il mio bisnonno... l'intrepido Master Rat, il **PRIMO** supertopo

chiamato a difendere la città dalle terribili
Pantegane Puzzone!!!
Io cercavo di ascoltare con attenzione Supersquitt, quando all'improvviso...
– PEPEREPÈÈÈ!!!
Uno squillo di tromba annunciò l'inizio dei festeggiamenti, facendomi frullare i baffi per lo SPAVENTO.
Poi la banda cominciò a suonare, la folla prese a danzare, e una PIOGGIA di coriandoli colorati ricoprì la piazza.
Fu allora che COPERNICA, l'impareggiabile cuoca scienziata di PALAZZO

SQUITT, fece capolino tra la folla con Neutrina e Protone, i due preziosi aiutanti di noi supertopi.

– Benvenuto, SUPERGER! – disse Neutrina.

– Ehilà, SuperGer! Hai PROVATO i panini al gorgonzola??? – aggiunse Protone, porgendomi un vassoietto di superdelizie formaggiose.

Io allungai la zampa con l'acquolina in bocca. Stavo per addentare il panino più grosso, quando notai una roditrice bellissima, ma che dico bellissima, era splendida, sorridente, affascinante, misteriosa, incantevole!

Aveva i capelli biondi, gli OCCHI AZZURRI, la figura slanciata e un elegante tailleur blu... Era Priscilla Barr, uno degli avvocati più famosi di Muskrat City!

E stava venendo... verso di me!!!

– Buon pomeriggio, SuperGer! – cinguettò Priscilla, guardandomi DRITTO DRITTO DRITTO negli occhi. – Sei qui da molto?

– *Glom!* Nonono... cioè... sisisì... ecco... sono appena arrivato! – balbettai confuso.

Ero rosso come un superpeperone, avevo il CUORE che batteva come un tamburo e TREMAVO come un martello pneumatico!

Però più la guardavo, e più mi ricordava qualcuno...

MA CERTO!!!

Priscilla era tale e quale a *lei*. Come *chi*?! Ma lei, *Lei*, la stratopica, fantastica, strabiliante **Lady Blue**,

la super-roditrice del mio CUORE!
In quel momento un passante mi diede uno spintone.
– FACCIA ATTENZIONE! – dissi io.
Quando però mi rialzai, Priscilla era sparita.
Uffa, non me ne andava dritta una!!!
Decisi di CONSOLARMI addentando (*finalmente*) il mio (*delizioso*) panino al (*triplo*) gorgonzola, quando la folla TACQUE, la banda smise di suonare, e in mezzo alla piazza fece la sua comparsa nientemeno che...
– FIELE BON BON! – disse Supersquitt. – Che cosa ci fai tu qui?

L'INVASIONE DEI SUPERVEGETALI

Sulla folla era sceso un silenzio glaciale. Gli **OCCHI** di tutti erano puntati su Fiele Bon Bon.

– Beh, che cosa c'è da guardare? – chiese lei.

– Uhm... uhm... uhm... – si limitò a borbottare il **COMMISSARIO MUSQUASH**, capo della polizia di Muskrat City.

– Ehi, adesso non si può nemmeno passeggiare in pace?! – replicò **ACIDA** la giovane pantegana.

– **MAH!** – disse il commissario scuotendo la testa, perplesso.

In effetti, la presenza in città di Fiele, figlia

di **BLACKY BON BON**, il capo delle Pantegane Puzzone, non prometteva niente di buono. Il commissario Musquash decise di non **PERDERLA** di vista un solo istante.

In piazza intanto la situazione stava tornando alla **NORMALITÀ**, ma tutti i muskrattesi evitavano Fiele come stracchino andato a male. Tutti... **TRANNE UNO.**

Protone si era timidamente avvicinato alla giovane pantegana. – Ehm... **C-CIAO FIELE?** T-tutto bene?

– Protone, che cosa fai?! – squittì Neutrina, cercando di FERMARLO.
Ma lui non le diede retta e rimase imbambolato a fissare la GIOVANE BON BON.
Quella in compenso gli lanciò un'occhiataccia:
– E tu... che cosa vuoi?
PROTONE non riuscì a dire niente, e rimase a bocca aperta, rigido come un baccalà.
– Ma... perché Protone parla con quella smorfiosa? – sbottò NEUTRINA, scocciatissima.
Poi mi prese sottobraccio e mi trascinò davanti alla giovane pantegana: – *Carissssima* Fiele, ti posso presentare SUPERGER? O forse... vi conoscete *già*?
Lei le rispose con un sibilo: – UMPF, credo di sapere chi è...
– Ehm... s-sì! – dissi io, un po' a disagio.
Poi, come se nulla fosse, Fiele mi voltò le spal-

le e si rivolse a Protone: – Sai, in questi giorni sono stata PRESISSIMA...

– Davvero? S-so che sei MOLTO brava in chimica, e così... – disse Protone.

– Beh, non me la cavo male.

– E... d-di che cosa ti s-sei occupata?

– DI QUESTO! – disse Fiele tirando fuori una boccetta piena di uno strano liquido viola. Velocissima, la giovane Bon Bon ROVESCIÒ alcune gocce del misterioso liquido nelle aiuole di Market Place.

Un attimo dopo, gli alberi della piazza cominciarono a **CRESCERE,**

CRESCERE, CRESCERE... fino a diventare grandissimi, enormi, giganteschi!
Le radici bucarono il piazzale...

CRACK!

... mentre i rami si allungavano come serpenti.
– PER MILLE BANANE CIBERNETICHE, che cosa succede?! – esclamò Supersquitt.
Ma in quel momento... STOMP!
I tombini della piazza si scoperchiarono, e dalle fogne sbucarono, nell'ordine:

BLACKY BON BON
capo della Banda dei Puzzoni, nel suo elegante abito scuro;

MAKULA BON BON
moglie del Capo, con una grintosissima messa in piega da urlo;

il viscido KATERINO,

smilzo e scorbutico assistente di Blacky Bon Bon;
UNO, DUE e TRE, le tre massicce guardie del corpo di Blacky.

– Buon pomeriggio, muskrattesi! – tuonò Blacky Bon Bon. – Vedo che avete già fatto conoscenza con i miei SUPERVEGETALI...

– Urcaurcaurca! – ribatté Supersquitt. – Riprenditi i tuoi babbalocchi verdi, o te la vedrai con noi SUPERTOPI!

– Non se ne parla proprio, supertopastri!

Il divertimento è appena cominciato!!!

– SUPERGER, CI SEI?! – mi chiese il mio supercollega.

– Facciamogliela vedere noi a queste pantegane da quattro soldi!

– EHM... S-SICURO SICURO SICURO?
– dissi io, con i baffi che cominciavano a frullarmi per la fifa.
– Certo, supersocio! Coraggio:

SUPERTOPI, IN AZIONE!!!

Io sospirai, facendomi forza.
In verità quello SCHIERAMENTO di pantegane e Supervegetali non prometteva niente di buono!!!

OOOOOH...
VIA DI QUI!

LA MINACCIA DI BLACKY

Senza perdere un minuto di più, Supersquitt CORSE verso Fiele Bon Bon, ma lei fu più veloce, sussurrò qualcosa a un supergirasole e... STOMP!

... quello schiaffeggiò il mio supersocio in pieno muso con i suoi superpetali.

Supersquitt cominciò a starnutire: – Per mille bananille spaziali! Sono... ETCÌ... allergico... ETCÌ ETCÌ... al polline... ETCÌ ETCÌ ETCÌ!!!

Io non sapevo che cosa fare. Del resto, quante volte ve lo devo dire: NON SONO UN SUPERTOPOOO! Sono... un superfifone!!!

Per fortuna, da un vicolo spuntò fuori *Lei*, la fantastica, meravigliosa, stratopica

Lady Blue!

Con un balzo agilissimo, la mia super-roditrice preferita si LANCIÒ contro Uno, Due e Tre, mettendoli k.o..

– Spero non abbiate nulla in contrario... – disse l'*affascinante* roditrice. – Ma passavo di qui e ho pensato di darvi una mano!

Io rimasi INEBETITO, con i baffi che mi frullavano fortissimo, questa volta non per la fifa ma per l'emozione: **Lady Blue** mi aveva appena fatto l'occhiolino!!!

Di nuovo mi persi in quegli OCCHI così blu, così profondi, così misteriosi... e di nuovo quegli occhi mi ricordarono qualcuno...

MA CERTO!

Mi ricordavano l'avvocato Priscilla Barr, che avevo incontrato poco prima a Market Place.

– ATTENTO, SUPERGER! – squittì in quel momento Lady Blue.

Oh no! Un ramo di edera gigante mi si era attorcigliato intorno a una ZAMPA e mi aveva sollevato da terra.

– AIUTOOOOO!

Stretto in quella micidiale presa vegetale,

VOLTEGGIAI di qua e di là...

WHOOOSH!

WHOOOSH!

... picchiai il sottocoda sulle auto parcheggiate...

TUMP! TUMP! TUMP!

... venni scaraventato sui tavoli imbanditi...

SKATACRASHHH!

... rotolai come una palla da bowling...

RUMMMBLE!

E mi ritrovai coi baffi nella torta milleformaggi!

– URCAURCAURCA, SuperGer! – urlò Supersquitt. – Ti sembra il momento di mangiare? Abbiamo una missione da compiere!

Poi urlò: – **Costume, modalità... FRISBEE!**

In un attimo il mio supersocio si trasformò in un enorme frisbee giallo; poi, ruotando su se stesso, travolse **UNO**, **DUE** e **TRE**, che caddero a zampe all'aria.

– **BEL COLPO, SUPERSQUITT!** – disse Lady Blue, correndo a legare i malviventi come caciocavalli.

Ma avevamo fatto i conti senza FIELE!
– Geranio, all'attacco! – disse la giovane Bon Bon, perfida più che mai.
Subito dopo, un GIGANTESCO geranio rampicante immobilizzò Lady Blue in una stretta di rami e foglie.
Per mille formaggini stagionati, come osava quel fiore sfacciato imprigionare la roditrice del mio cuore???
– Resisti, Lady Blue! ARRIVO... *forse*!!!
Con un balzo mi buttai addosso al geranio gigantesco, ma quello mi colpì con una delle sue supercorolle e mi LANCIÒ sopra la statua di Squittinardo Squitt, ricoperta di spinosissimi rovi superpungenti!
Supersquitt provò a intervenire, ma fu preso di mira da Katerino, ARMATO di uno strano aggeggio: – Sei finito, superimpiastro!

– Ci vuol ben altro per FERMARMI, Katerino!

– Lo vedremo! – disse lui.

Subito dopo... PLOF!

Un getto di superconcime superpuzzolente BLOCCÒ le zampe di Supersquitt, immobilizzandolo. Lady Blue, SFUGGITA alle grinfie del supergeranio, corse in suo aiuto, ma fu intercettata da MAKULA BON BON.

– Oooh, andiamo di gran fretta, vedo... – disse la signora Bon Bon. – Ma non sarebbe meglio fermarsi per discutere un po' a QUATTR'OCCHI?

– Non guardarla, Lady Blue! – gridò allarmato Supersquitt. – Vieni via di lì! Non guardarla assolutamen...

Ma era troppo tardi!

FILE N. 240455 – SCHEDA:

MAKULA BON BON

CHI È: moglie di Blacky Bon Bon.

DOVE VIVE: nella Rocca di Marcium, quartier generale delle Pantegane Puzzone.

SEGNI PARTICOLARI: può parlare ininterrottamente per ore, è fissata con la pulizia, ha poteri ipnotici che utilizza per combattere i Supertopi.

Makula le aveva già puntato addosso il suo temibile **SGUARDO IPNOTICO**...

– Che cosa succede? – mormorò la super-roditrice. – Mi sento... **COSÌ STANCA**...

– Continua a guardarmi – le disse la pantegana. – Dimmi, non hai voglia di schiacciare un

PISOLINO?!?

Sotto l'effetto dello sguardo di Makula,

la povera Lady Blue si sentiva sempre
PIÙ STANCA.
– Oh, sì... ho... proprio... voglia... di... fare... un lungo... son...no...
ZZZ... ZZZ... ZZZ.....
Orrore! La super-roditrice del mio CUORE svenne cadendo proprio tra le zampacce di KATERINO.

– Hi hi hi!!! Visto, superbabbei?! – sibilò Makula.

– Lady Blue è nostra prigioniera adesso!

– E lasciatevelo dire: CATTURARLA è stato un gioco da ragazzi!!! – le fece eco il perfido Katerino.

– LIBERATELA SUBITO,

o sarà peggio per voi!!! – URLAI, con tutto il coraggio di cui ero capace.

– Sei ancora LASSÙ, super-babbeo??? – ghignò Blacky. – Fammi indovinare... non riesci più a SCENDERE???

In effetti io ero ancora in cima alla statua di

Squittinardo Squitt, e *glom!...* non solo ero altissimo (ve l'ho mai detto che soffro di vertigini?), ma ovunque provassi a mettere le ZAMPE, finivo per pungermi con quella massa di rovi giganteschi!

La situazione stava precipitando.

– Ahr! Ahr!! Ahr!!! Siete veramente molto DIVERTENTI, superbuffoni! – disse Blacky. – Ma se volete rivedere la vostra amica sana e salva, dovrete arrendervi e consegnarci la città.

– **MAI! Non scenderemo mai a patti con voi PANTEGANE!** – disse il commissario Musquash.

– Quanta fretta, commissario! – rispose Blacky, con aria di sfida. – Ascoltatemi bene, faremo così: vi **LASCIAMO** dodici ore per rifletterci, poi riprenderemo a usare il superconcime, e la città diventerà una giungla impenetrabile, regno delle Pantegane Puzzone! *Hasta la vista*, **Muskrat City!**

Rapide com'erano arrivate, le pantegane sparirono nei tombini, prendendo anche Lady Blue e portandola nelle **PROFONDITÀ** delle fogne...

GIÙ PER IL TOMBINO!

Supersquitt mi urlò: – Coraggio, supersocio! **VIENI GIÙ!**

– Ma... ecco... io... – provai a dire, guardando in basso. – Mi sembra un po' pericoloso...

– Lascia fare a me! – disse lui.

– **Costume, modalità**

TELO DI SALVATAGGIO!!!

Un attimo dopo, il costume di Supersquitt si trasformò in un grande telo giallo, come quelli che usano i pompieri.

– **SALTA, SUPERGER, CORAGGIO!**

– D-devo proprio???

– Fidati, supersocio!

Io **SOSPIRAI**. Non avevo altra scelta, così mi coprii gli **OCCHI**, feci un passo avanti e...

STOMP!

Atterrai sano e salvo sulla superficie **MORBIDA** del tappeto.

Uf, andata!!!

Dopo quell'incontro ravvicinato con

le pantegane e i loro SUPERVEGETALI, però, avevo un solo desiderio: tornarmene a casa, a Topazia!

Ma Supersquitt, ahimè, sembrava avere altri programmi!

– Sei pronto, SuperGer?!

– Un momento... – dissi io, – ... *pronto* per cosa?!

– SVEGLIASVEGLIASVEGLIA supersocio! Dobbiamo andare a riprenderci Lady Blue! Non possiamo lasciarla nelle ZAMPACCE delle pantegane, giustooo???

Brrr... il solo pensiero di inseguire i Puzzoni nelle fogne di MARCIUM mi faceva frullare i baffi dalla fifa.

Ma il mio amico aveva ragione.

Così mi feci CORAGGIO, strinsi

la zampa del mio supersocio e urlai:

SUPERTOPI, IN AZIONE!!!

Attraverso un tombino aperto, io e Supersquitt ci CALAMMO giù giù e ancora giù. Le fogne erano umide, piene di muffa e puzzosissime. Ed erano così BUIE che non si distingueva un gatto da un ratto!

Dopo un po', però, riuscimmo ad avvistare delle LUCI...

Per mille mozzarelle, ma erano le TORCE della Banda dei Puzzoni!

Supersquitt mi fece cenno di tapparmi le orecchie, poi si trasformò in un'ENORME sirena della polizia e...

UEEEEEEEEEEE!
UEEEEEEEEEEEEEEEEE!

– Capo, che cosa è stato? – chiesero in coro **UNO**, **DUE** e **TRE**.

Un attimo dopo, il mio supersocio si trasformò in un grosso **LAMPEGGIANTE**, che li investì con un potentissimo fascio di luce.

– UH?! La polizia...??? – dissero le tre guardie del corpo, coprendosi gli occhi con le zampe.

– **ARRENDETEVI!** urlò Supersquitt.

Ma in quel momento ci trovammo davanti KATERINO, che ci puntò contro la sua tremenda Sparaconcime, innaffiandoci di CONCIME MEGAPUZZOSO...

Uno, Due e Tre ne approfittarono per lanciarsi alla carica

contro di noi, sguazzando nel canale putrido...
SGUISH! SGUISH! SGUISH!
– Supersocio, qui ci vuole una superidea! – esclamò Supersquitt. – **Costume, modalità SUPER MANTICE!**
Trasformato in un mantice giallo, Supersquitt (con il mio aiuto) prese a soffiare forte, molto forte, anzi fortissimo... finché non si levò un **SUPERVENTO**, che sollevò una superondata di fango, che centrò la **Banda dei Puzzoni**.

– Superimpiastri da strapazzo! – sbraitò Blacky Bon Bon. – Mi avete rovinato il vestito nuovo! Adesso venite AVANTI, se avete il coraggio!!!

Noi avanzammo di qualche passo...

– Ci siete cascati, superbabbei! AHR!!! AHR!!! AHR!!!

– Uh?! Chi... Cosa... Come???

Katerino sfilò dalla tasca un telecomando e pigiò un tasto rosso.

Dal soffito CALARONO due lastre di acciaio super-rinforzato, che bloccarono il condotto davanti e dietro di noi.

– OH, NO! SIAMO PRIGIONIERI!!! – strillò Supersquitt.

– E adesso??? – dissi io, con un filo di voce.

– *Hasta la vista*, superimpiastri! – ghignò BLACKY, a pochi metri da noi.

OH NOOO! Eravamo bloccati in mezzo al fango, **SENZA VIA DI USCITA**, senza via di scampo, e il peggio... doveva ancora venire!

– Guarda, **SUPERGER!**

Io alzai la testa e diventai pallido come una **SUPERMOZZARELLA**.

Un tubo stava versando dell'acqua putrida nel condotto... e il **FANGO**, che già ci arrivava alle ginocchia, si stava alzando a vista d'occhio. *Glom!* In breve avrebbe allagato lo spazio in cui eravamo intrappolati!

Per mille mozzarelle, eravamo finiti, spacciati, spolpettizzati!!!

OH NOOO!
SIAMO IN TRAPPOLA...

CON L'ACQUA ALLA CODA!

Supersquitt si guardava intorno in cerca di una via di uscita. – Fatti venire un'idea, **SUPERGER!** Dobbiamo uscire di qui!
– Ehm... qualche suggerimento?
– Certo che no! Sei tu il **GIORNALISTA**, lo scrittore, il creativo!!!
– Sì... ma io scrivo i miei **libri** davanti al camino, al calduccio, in tutto relax... non in una **FOGNA MEGAPUZZOSA**, con il putridume alle ginocchia!
Il fango intanto saliva, saliva, saliva...
a quella ***VELOCITÀ*** ci sarebbe presto

arrivato alla punta dei baffi.

– SuperGer, voglio dirtelo... sei il **MIGLIOR** superamico che un supertopo possa avere! – disse il mio amico, mogio mogio mogio.

– Supersquitt, anche se mi cacci sempre nei **GUAI**... penso di te la stessa cosa!

– **ALLORA... ADDIO, CARO SUPERGER!**

– Addio addio addio, caro Supersquitt...

Un momento! Eravamo proprio **SICURI** che fosse finita? Chi l'aveva deciso???

– EH NO!!! – dissi, risoluto. – **ALLA FACCIA DEL GROVIERA STAGIONATO**, io dico che non può andare così!!!

A quelle parole, i miei **STRATOPICI POTERI AL FORMAGGIO** si attivarono, e una grossa forma di groviera stagionato andò a tappare il tubo sul soffitto.

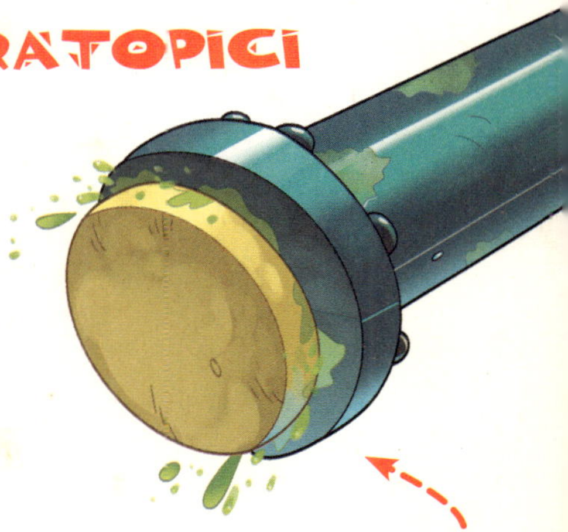

SUPERPOTERE:
SUPERTAPPO DI GROVIERA STAGIONATO
SI ATTIVA AL GRIDO DI:
ALLA FACCIA DEL GROVIERA STAGIONATO

L'**ACQUA** smise di scendere, il fango si fermò, e noi... noi tirammo un sospiro di sollievo.

– **SIAMO SALVI... SQUIIIT!** – esultai io.

– Vacci piano, supersocio – sospirò Supersquitt. – Siamo ancora in trappola!
Uf! Era vero. A un tratto, però, il mio **supercollega** disse: – Urcaurcaurca! Però, SuperGer, hai visto come sono fissati questi *cosi*?!
In effetti i *cosi*, cioè gli sbarramenti in acciaio rinforzato che ci **BLOCCAVANO** il passaggio, erano montati con viti e **BULLONI** giganteschi.
Supersquitt gridò:

– Costume, modalità CACCIAVITE!

E così cominciammo ad allentare le viti: ma erano **DURE**, molto **DURE**... anzi **DURISSIME!!!**

– Puf... Pant!!! Tu sei un genio, Supersquitt... ma queste viti non ne vogliono proprio sapere di venir via...

– **CERTOCERTOCERTO!** Fai più in fretta, supersocio!!!

Io lavorai più velocemente che potevo, così allentai (finalmente) anche l'ultima vite e...

CLANG!

Non potevo credere ai miei occhi: eravamo... liberi!

Ma la brutta notizia era che dei Puzzoni e di **Lady Blue** non c'era più nessuna nessunissima traccia.

– A questo punto credo che avremo bisogno dell'aiuto di Copernica, NEUTRINA e **PROTONE!** – dissi.

Supersquitt annuì: – Giagiagià... ma prima di tutto abbiamo bisogno di una bella doccia, caro il mio **SUPERGER!!!**

Così io e Supersquitt, con addosso una raccapricciante puzza di fogna, ce ne tornammo alla **BASE SEGRETA**, quartier generale di noi Supertopi.

PANINI E FARFALLE

A Palazzo Squitt, dopo una stratopica DOCCIA e uno SCIAMPO al gorgonzola muschiato, mi asciugai con l'asciugapelliccia portatile di Copernica... un'invenzione a dir poco stratopica!

Nel frattempo, Protone e Neutrina stavano cercando di capire che cos'era successo alle PIANTE giganti di Market Place.

Neutrina stava ANALIZZANDO al microscopio una gigantesca foglia di edera raccolta dopo l'attacco dei Puzzoni, e faceva alcune ipotesi per vederci più chiaro.

– Mmm... Fiele dev'essere riuscita a creare un SUPERCONCIME ad AZIONE ISTANTANEA!

– Lo dicevo che è speciale! – disse Protone con aria sognante.

Neutrina, gelosissima, lo fulminò con lo sguardo. – Sarà anche... *speciale*, ma contro di noi non ha scampo. Troveremo l'antidoto al suo superconcime e SALVEREMO Muskrat City! Vero, ragazzi?!?

– GIAGIAGIÀ... siamo o non siamo i Supertopi? – si inserì Supersquitt. – Ripuliremo la città dai Supervegetali e libereremo Lady Blue!

– Sigh! Se solo sapessimo dove l'hanno portata... – dissi io, SOSPIRANDO.
In quel momento, Copernica entrò nella stanza con un vassoio: – A stomaco pieno si ragiona meglio. Perché non SGRANOCCHIATE qualcosa?!
Io, che ero a digiuno da ore, mi TUFFAI sui panini: – Con fragole e robiola: squisiti!
– Cara COPERNICA, sei davvero insuperabile... – disse Supersquitt, facendole un perfetto (e galantissimo) baciazampa.
– E tu sei sempre un gentiltopo, caro il mio Supersquitt!
Poi la cuoca-scienziata TIRÒ FUORI qualcosa dalla tasca del grembiule.
– Ascoltatemi. Questa è la mia ultima invenzione. Ho pensato che potrebbe esservi utile contro i Puzzoni!

Copernica ci mostrò un oggetto che sembrava una spilla a forma di farfalla.

Supersquitt la osservò con attenzione: – Beh, certo, è **CARINA**... Ma che cosa se ne fanno i Supertopi di una SPILLA???

Copernica ridacchiò, divertita: – Ma non è una spilla, Supersquitt!

La **CUOCA-SCIENZIATA** sfiorò la testa della farfalla, e quella cominciò a sbattere le ali, veloce, molto veloce, anzi velocissima.

– Uhm... – disse Supersquitt, provando a **SCACCIARE** la farfalla che gli volava intorno.

– Interessante... sembra una farfalla vera!

– *Timballi e cristalli!* Ma no!! Non è una farfalla... questa è una Farfallaser!!!

– Una Farfa-*che*? – domandò Supersquitt.
Per tutta risposta, la FARFALLASER emise un sottile raggio rosso che colpì all'istante la coda del mio supersocio.

– AHIAAAA!

Poi la Farfallaser continuò a dare, *ehm*... dimostrazione dei suoi **POTERI**, tanto che il povero Supersquitt fu costretto a nascondersi sotto il tavolo.

– Mai sottovalutare le invenzioni di Copernica! – disse PROTONE.
Copernica sorrise. – Quando viene sfiorata sulla testa, la FARFALLASER emette microscopici raggi laser...
– Microscopici ma... MICIDIALI! – gemette Supersquitt. – Ahiooo!
– È un'invenzione stratopica, Copernica!!!
– dissi, prendendo la Farfallaser e appuntandomela al petto.
– SUPERTOPI, GUARDATE! –
ci interruppe Neutrina, alzando il volume della televisione.
Ci fiondammo davanti allo schermo, dove era appena iniziata un'**EDIZIONE STRAORDINARIA** del telegiornale.
La presentatrice Blatera Spiattelli aveva l'aria preoccupata:

Buon pomeriggio, telespettatori di Muskrat TV. Dopo l'apparizione a sorpresa della Banda dei Puzzoni a Market Place, nuovi disordini si stanno registrando all'Orto Botanico. Pare che la situazione sia fuori controllo, con le piante trasformate in Supervegetali di proporzioni gigantesche. Stando ad alcune testimonianze, sul posto sarebbero stati avvistati anche i Puzzoni... con intenzioni tutt'altro che pacifiche. Ecco alcune immagini filmate dal cellulare di un passante.

Eravamo tutti a bocca spalancata: l'Orto Botanico era diventato una GIUNGLA piena di alberi giganteschi!

Per mille formaggini stagionati, ma allora il superconcime di Fiele aveva colpito ancora!!!

– URCAURCAURCA, SuperGer! – esclamò Supersquitt, strillandomi nelle orecchie. – Dobbiamo andare subito all'Orto Botanico! SU-BI-TIS-SI-MO!!!

– MA... MAGARI... FORSE...

– Hai le orecchie foderate di formaggio, SuperGer??? Andiamo!!!

– N-no, cioè sì... cioè pensavo... perché prima non MANGIAMO... un panino? – risposi, per prendere tempo.

Del resto, quante volte ancora ve lo devo dire:

NON SONO UN SUPERTOPO IO!

– Bando alle ciance, amico mio: il destino di Muskrat City è nelle nostre mani! – urlò lui.

Mentre schizzavamo via da Palazzo Squitt volando a *VELOCITÀ SUPERSONICA*, riuscii solo a sentire Copernica ci diceva:

– Buona fortuna, **SUPERTOPI!** Mentre siete in missione all'Orto Botanico, noi continueremo a cercare l'*antidoto* al superconcime di Fiele!

PERICOLO ALL'ORTO BOTANICO

Con un volo **SUPERVELOCE**, arrivammo davanti al cancello dell'Orto Botanico di Muskrat City.

La scena che si **APRIVA** davanti a noi aveva dell'incredibile: c'erano rose alte come palazzi, liane lunghe come ponti, **FIORI** grossi come cartelloni pubblicitari!

Glom! Io ero ancora **SOTTOSOPRA** per il volo: mi sentivo lo stomaco al posto della coda, la coda al posto dei baffi, i baffi al posto delle zampe.

E IL PEGGIO DOVEVA ANCORA VENIRE!

– Co-cosa facciamo? N-n-non dovremo mica

COSA FACCIAMO?
?!

passare là in mezzo, VERO?!? – domandai a **Supersquitt**, indicando il groviglio di Supervegatali che si levava davanti a noi.
– Ricorda, **SUPERGER**: un vero supertopo non ha paura di niente – disse Supersquitt, come al solito supersicuro.
– Ehm... **M-MA** io invece ho paura di tutto! Lo sai che io non son...
– **URCAURCAURCA**, SuperGer! Non è il momento delle chiacchiere!!! Dobbiamo trovare Lady Blue prima che sia troppo tardi!
Sospirai. Infilarmi in quell'intrico di radici extralarge mi faceva **FRULLARE** i baffi per la fifa, ma salvare Lady Blue era la cosa più importante, e, lo confesso, per salvare lei, io avrei fatto... **QUALSIASI COSA!**
– Dividiamoci! – mi disse Supersquitt. – Uno di noi farà un volo di ricognizione, mentre l'altro...

– Ottimo! Vai pure, allora!!!

– Veramente, SUPERGER, dovresti andare TU!

– IO? P-PERCHÉ IO?

– Perché sei un supertopo! Che tu lo voglia o no!!!

FORSE (ma dico *forse*) Supersquitt aveva ragione. In fondo in fondo (ma *mooolto* in fondo) ero un supertopo, e un supertopo non si arrende mai!

O almeno... non dovrebbe arrendersi mai!
Allora mi concentrai per SPICCARE il volo e mi alzai da terra.
Dall'alto, però, non si VEDEVA niente, solo una fitta barriera di superpiante che copriva l'ORTO BOTANICO e... un filo di fumo che filtrava attraverso quel groviglio di Supervegetali, alzandosi verso il cielo.
Alla faccia del parmigiano, che i Puzzoni avessero acceso un FUOCO proprio al centro dell'Orto Botanico???
Tornai a terra e riferii tutto a Supersquitt.
Un attimo dopo...
– *Supertopi, mi sentite? Avanzate via terra!* – disse la voce COPERNICA attraverso i nostri comunicatori da polso.
– Via terra? D-dobbiamo proprio?!
Ma Supersquitt, superveloce, si era

già addentrato nel cuore di quella spaventosa foresta supervegetale.
Mentre mi facevo **AVANTI** anch'io (*con molta moolta moooltissima prudenza*), Supersquitt mi posò una mano sulla spalla.
– S-sì, meglio stare VICINI...
Ma il mio supersocio disse: – Che cosaaa, **SUPERGEEEEEER?** Sono quiiiiiiiii... Un momento... ma allora...
COME... CHI... CHE COSA MI AVEVA TOCCATO?!?
Mi voltai e...
– AAAIUTOOOO!!!
Una liana enorme, verde e umidiccia, si era posata su di me e mi stava sollevando da terra.
Supersquitt si precipitò verso di me, ma una seconda liana, ancor più grossa, verde e umidiccia della prima, lo **COLPÌ**

come una frusta, sca-
raventandolo lontano!

SKIOK!!!

– Razza di superpianta impicciona! – disse lui.

– **Costume, modalità... CESOIE!!!**

Ma la voce di Neutrina, sul comunicatore da polso, lo bloccò: – *Fermati, Supersquitt: quelle* POVERE PIANTE *non hanno colpa se sono state trasformate...*

– Come, 'POVERE PIANTE'? Povero ME, dico!!! – esclamò Supersquitt. – Sentiamo: che cosa devo fare?
In quel momento la LIANA gli si attorcigliò intorno alla vita e cominciò a stringere.
– URCAURCAURCA, ideona! – disse.
– Costume! Modalità coccinella robot!!!
In un attimo il mio supercollega si trasformò in una minuscola coccinella gialla robotizzata, sfuggendo alla superliana con una sonora pernacchia. PRRRRRRR!
– He he he!!! Un'idea *piccola* e geniale!
– Allora fatti venire in mente qualcosa per me!
– strillai. – Io sono ancora qua, per mille caciocavalli!!!
A quelle parole, i miei super-super-superpoteri al formaggio si attivarono di nuovo, e in un batter d'occhio una pioggia di caciocavalli si

abbatté sulla liana che stava per STRITOLARMI.

Quando però la liana mollò la presa, io CASCAI a terra, picchiando il sottocoda con forza. Ero inebetito e pieno di BERNOCCOLI, ma ero salvo!

– Bravo, SuperGer! – mi disse Supersquitt – Hai visto?!

Niente è impossibile per i SUPERTOPI!

FIELE COLPISCE ANCORA!

Io e **Supersquitt** continuammo la marcia finché ci trovammo davanti a un tappeto di foglie cadute. Il silenzio era totale; sembrava che in giro non ci fosse proprio nessun...

– Oooh, ecco i **SUPERTOPASTRI!** – disse una voce sopra di noi.

Alzammo lo sguardo: sul ramo di una quercia **GIGANTESCA** sedeva nientemeno che Fiele Bon Bon.

– Siete pronti a sfidare i miei Superfunghi?! – disse la **PERFIDA** pantegana.

Abbassammo lo sguardo, ma a terra non si

vedeva l'ombra di un fung...

FLOP!

Forse avevo parlato troppo presto!

Fiele aveva rovesciato a terra il suo superconcime, e in pochi istanti...

FLOP! FLOP!! FLOP!!!

... sotto le nostre zampe era spuntata una fila di SUPERFUNGHI giganti.

SBALLOTTATI da un fungo all'altro, io e Supersquitt rimbalzammo come palline di un flipper senza riuscire a fermarci...

BOING! BOING! BOING!

... finché il mio supersocio spiccò il volo, portandomi via con sé.

– Non ditemi che non vi piacciono i funghi, SUPERIMPIASTRI... – sghignazzò Fiele.

– Gli unici funghi che mi piacciono sono quelli... sott'olio! – dissi io.
Indispettito, il SUPERFUNGO vicino a me mi tirò una pedata nel sottocoda.
– Non sarà che le pantegane sono dei nemici troppo forti? – ci provocò Fiele.
– CHE COS'HAI DETTO??? – la sfidò Supersquitt. – Ripetilo, se ne hai il coraggio!!!
– Dico che fate meglio ad ARRENDERVI, superbabbei!
– Mai! I SUPERTOPI non si arrendono mai!!! – risposi io, con tutto il coraggio di cui ero capace.
– Bravo, SuperGer! – si congratulò Supersquitt. – Ben detto!!!
In realtà, io continuavo ad avere una fifa felina, ma il pensiero di Lady Blue in pericolo mi dava una forza incredibile, una forza strato-

pica, insomma... una **FORZA SPECIALE** capace di farmi affrontare tutte le mie paure.
Mentre Fiele scompariva tra i rami, noi (*con molta moolta mooolta fatica*) uscimmo da quel sottobosco di **SUPERFUNGHI**.
Ma le sorprese non erano finite!
– E **QUELLA**... che cosa sarebbe? – disse Supersquitt.
Di fronte a noi si alzava una muraglia di rose selvatiche e **ROVI SPINOSI**.
Glom! Solo a guardarla, mi faceva tremare i baffi dalla fifa!

NON C'È ROSA SENZA SPINE...

Provammo a infilarci in quell'enorme roseto, ma la VEGETAZIONE era così fitta che non riuscimmo ad avanzare di un millimetro.

– HO UN'IDEA, SUPERSOCIO! Sorvoliamo la zona!

E così dicendo, il mio supersocio si alzò IN VOLO, trascinandomi con sé.

– Tieniti a distanza di sicurezza! – si raccomandò Supersquitt, indicando i rovi.

– Ehm, sì... meglio! Queste rose hanno certe spine che sembrano punturoni giganteschi, Ehi, ma CHE COSA...???

Per mille formaggini stagionati, le rose selvatiche si stavano allungando per pungerci il sottocoda.

– **SUPERSQUITT, CI ATTACCANOOO!** – urlai.

– Provo ad attraversare il roseto a tutta velocità... – mi disse. – Quando **ARRIVO** in fondo, toccherà a te partire!

– Ma non si potrebbe trovare, *ehm*... un **ALTRO** sistema per arrivare dall'altra parte? – chiesi io.

– SuperGer... sei o non sei un

supertopo?! – mi rimproverò il mio amico.
Io sbuffai, mentre Supersquitt si lanciava a
VELOCITÀ SUPERTOPICA
in mezzo al roseto.
Sul più bello, però, il suo COSTUME
rimase impigliato in una spina gigante.
– Per mille bananille spaziali!
Aiutooo, SuperGer!
Io avanzai a volo radente per qualche metro.
– AHIA! UHIA!! OHIA!!! Lo sapevo,
io... L'avevo detto! Punge!!! – piagnucolai.
– PER MILLE MOZZARELLE,
CHE DOLORE!!!
A quelle parole, i miei incredibili poteri al formaggio mi aiutarono, e dal cielo si scatenò una
TEMPESTA DI MOZZARELLE
in piena regola.
Mille mozzarelle bianchissime, saporitissi-

SUPERPOTERE:
SUPERTEMPESTA DI MOZZARELLE
SI ATTIVA AL GRIDO DI:
PER MILLE MOZZARELLE!
PER MILLE MOZZARELLEEE!!!
AIUTO, SUPERSOCIOOO!!!

me, ma soprattutto... MORBIDISSIME andarono a conficcarsi sulle spine, rendendole inoffensive... o quasi!
Ne approfittai per LIBERARE Supersquitt e per atterrare con lui lontano da quell'incubo di rose e spine!
– Grazie, SUPERGER... senza di te non ce l'avrei mai fatta! – sospirò Supersquitt.
Riprendemmo la nostra marcia, in cerca di Lady Blue e della Banda dei Puzzoni.
Superammo una foresta di asparagi alti come cipressi, ATTRAVERSAMMO un mare di profumatissima erba cipollina e ci ritrovammo davanti a un laghetto circondato da soffioni giganteschi.

– In volo, supersocio! – disse Supersquitt, decollando *A RAZZO*.

Ma in quel momento Uno Due e Tre, le guardie del corpo di **BLACKY BON BON**, spuntarono da dietro i soffioni, sventolando degli **enormi** ventagli. I grossi semi batuffolosi dei soffioni riempirono l'aria, disturbando il volo del mio **supersocio**.

– Attento, Supersquitt!

Ma lui era già entrato in una nuvoletta di SEMI di soffione.

– SPUT! SPUT!! SPUT!!!

Per mille bananille supersoniche, questa proprio non me

l'aspettavo! – esclamò Supersquitt.

Disorientato dai SUPERSOFFIONI, il mio supersocio perse il controllo del supercostume e cominciò a precipitare

GIÙ, GIÙ, GIÙ,

sempre più giù, verso il laghetto che si apriva sotto di lui. Sarebbe finito a BAGNO come una provola marinata, se non fosse stato per una foglia di ninfea supergigante che gli fece da materassino...

FLUMP!

– Ehi, Supersquitt! Sei tutto intero??? – URLAI io, dalla riva.

– Certo, SuperGer! Ci vuole altro per FERMARE un supertopo intrepido come me – rispose Supersquitt, rialzandosi e massaggiandosi il sottocoda. Poi disse, sicuro:

– Costume, modalità MOTORE!

E, usando la ninfea come motoscafo, in un lampo attraversò il LAGO.
Io però ero rimasto sulla riva opposta, e tutto solo per di più!!!

– Coraggio, SUPERGER, raggiungimi!
– Ehm... io... cioè... non so se ce la faccio...
– DAIDAIDAI, coraggio! Il mio superintuito mi dice che non manca molto!!!
Non ero sicuro di farcela ma non potevo deludere Supersquitt! E soprattutto, non volevo deludere la fantastica, stratopica, Lady Blue!
Così saltai sopra una foglia di ninfea e, facendo del mio meglio, raggiunsi il mio supercollega.

RESA DEI CONTI ALL'ORTO BOTANICO

Eravamo finalmente arrivati nel cuore dell'ORTO BOTANICO, dietro le serre riservate alle piante tropicali.
In uno spiazzo i Puzzoni avevano acceso un fuoco, e sul fuoco era in funzione uno strano alambicco...
– Pssst... SuperGer! – mi sussurrò Supersquitt.
– CHE COSA STANNO FACENDO?
– Ecco... credo che quello sia l'aggeggio con cui FIELE produce il suo superconcime!
A giudicare dalla quantità, nell'alambicco c'era abbastanza concime per trasformare la città in una GIUNGLA IMPENETRTABILE!

BECCATI QUESTA...
MANCATO!!!

Attento, Supersquitt!
E adesso?!?

Intorno al FUOCO erano riuniti Blacky e Makula, Fiele e Katerino, insieme a UNO, DUE e TRE.

Poco lontano c'era la nostra Lady Blue, imprigionata tra i petali di un tulipano gigante.

Non appena ci facemmo avanti, la super-roditrice disse: – SuperGer! Supersquitt!! Che bello VEDERVI!!!

– Era ora, superimpiastri! – ghignò Blacky. – Vi stavamo giusto aspettando...

– Siete pronte per la prigione, pantegane da strapazzo?! – disse Supersquitt.

Il mio supersocio allora si parò davanti a Blacky, ma fu bersagliato da KATERINO e dalla sua infallibile Sparaconcime.

SPLOTCH!

– Troppo lento per un supertopo, faccia di fontina! – disse Supersquitt, zigzagando agilis-

simo tra i proiettili di
SUPERCONCIME.
– Ne sei proprio sicuro,
superbabbeo?
SPLATCH!
Questa volta Supersquitt
fu preso in pieno... e finì
APPICCICATO al tronco di un albero, prigioniero di quel tremendo
superconcime
SUPERPUZZOLENTE.
– Per mille bananille siderali! Fai qualcosa,
SUPERGER!!!
Alla faccia del gorgonzola, con Lady Blue
e Supersquitt fuori

gioco, l'unica **SPERANZA** dei Supertopi ero io... e se solo ci pensavo, mi veniva una TREMARELLA da far frullare i baffi.

Dal mio comunicatore da polso, giunse la voce di NEUTRINA: – *Buone notizie, SuperGer! Ci siamo riusciti!*

– Uh?! Riusciti... a far cosa?

– *Abbiamo trovato l'antidoto al superconcime! Resisti!!!*

– GLOM! Farò... del mio meglio! – risposi.

Ma Katerino mi aveva già puntato contro la sua fetida Sparaconcime.

Evitai il primo colpo abbassando la testa...

SPLOTCH!

Spiccai un salto ed evitai il secondo colpo...

SPLATCH!

Il terzo colpo andò a vuoto perché scivolai su una foglia gigantesca...

SPLETCH!

E facendomi scudo con quella foglia mi salvai dal quarto colpo...

SPATAPLACH!

– Fermati, superimpiastro! Lasciati concimare per bene! – urlava Katerino.

– Neanche per sogno, **MUSO DI SCAMORZA!**

Spiccai il volo per mettermi in salvo, ma a causa di, ehm... un *problemino* durante il decollo, andai a sbattere contro un ramo!

SBADABAAAM!

Feci per raddrizzarmi, ma restai impigliato su un altro ramo.

– UF, CHE GIORNATACCIA!!!

– Sei finito, sottorazza di supersorcio! – disse KATERINO preparandosi a darmi il colpo di grazia.

Ma nel momento esatto in cui lanciò il Superconcime, il ramo si spezzò e io caddi a terra come una scamorza troppo pesante.

– Squiiiiiiiitt!!!

Non feci in tempo a esultare, che Fiele si accostò a una margherita MANNARA e le sussurrò qualcosa.

La pianta, VELOCISSIMA, spalancò le fauci carnivore (*anzi, topivore*) e mi intrappolò tra i PETALI ZANNUTI!

Una seconda margherita mannara prese Supersquitt tra le zanne.

OH NOOO!
ERAVAMO SPACCIATI!!

E con i Supertopi prigionieri dei famelici SUPERVEGETALI, che ne sarebbe stato di Muskrat City???

– QUESTA È LA FINE, SUPERIMPIASTRI!

– esclamò Katerino con un SORRISO.

– Le nostre superpiante zannute vi tritureranno in un sol boccone!

A quel punto Blacky alzò le ZAMPE e con fare sicuro si rivolse al resto della banda:
– Siete pronti ad assistere alla resa di Muskrat City???
– Oh, Bonboncino, non vedo l'ora! – squittì sua moglie Makula, con gli occhi che le brillavano di PERFIDIA.
– Addio, Supertopi! AHR!!! AHR!!! AHR!!! – ghignò beffardo il capo delle pantegane.

DITELO CON I FIORI

Per mille formaggini stagionati, era la fine... Eravamo stritolati, spacciati, spappolati!

Tra i PETALI ZANNUTI della margherita mannara cominciavo a stare un pochino, *ehm* scomodo... ma era NIENTE in confronto a quello che sarebbe accaduto poi!

– LASCIAMI LASCIAMI LASCIAMI! – dissi disperato. – Non voglio fare la fine del supertopo sminuzzato!!!

Ma la SUPERPIANTA non aveva nessunissima intenzione di mollare la presa.

Poi, però, mi venne un'idea...

Per mille mozzarelle, i consigli di Zia Lippa! Ma come avevo fatto a non pensarci prima???

– Ho un'idea, Supersquitt! – strillai al mio supersocio.

– URCAURCAURCA, SuperGer! Che cosa aspetti a dirmela???

– Dobbiamo parlare alle piante... ma con dolcezza! Zia Lippa dice sempre che parlare alle piante le rende FELICI!

– Ehiehiehi, supersocio! Sei sicuro che sia una buona idea???

– Dammi retta, Supersquitt... Non abbiamo altra scelta!

Ma il mio supercollega non sembrava per niente convinto.

Io allora cominciai ad accarezzare la foglia della PIANTA CARNIVORA: – Che bel

colore VERDE hai... sei la margherita mannara più bella di tutto l'Orto Botanico, ma che dico dell'ORTO BOTANICO, della città, del mondo, dell'universo intero!!!
Il MOSTRUOSO Supervegetale allentò un po' la presa, così io continuai: – Sei robusta ma agile, hai denti PULITISSIMI, BIANCHISSIMI, SPLENDENTI, sei davvero... (*glom!*) **irresistibile!**
A quel punto la margherita mannara, lusingata, mollò la presa... e io riuscii a FUGGIRE.
Supersquitt finalmente si convinse e usò la stessa *ehm*... tecnica che avevo usato io per mettersi in salvo.
– Funziona, SUPERGER! – mi urlò.
L'esemplare da cui ero sfuggito io, però, continuava a GUARDARMI sbattendo le ciglia... tutto rosso per l'emozione!

SEI PROPRIO...
... IRRESISTIBILE!!!

– Ti pare il momento di far innamorare le piante,
supersocio?
Abbiamo una missione da compiere!

– Ehm... s-sì... arrivo!!!
Ma in quel momento...
– **Cosa?!?** I superimpiastri sono ancora vivi?
– sibilò Katerino, impugnando la sua micidiale Sparaconcime.
L'assistente di
BLACKY BON BON
non ebbe nemmeno il tempo di prendere la mira, perché Lady Blue, che aveva usato la nostra stessa tattica per liberarsi

dal supertulipano, con una mossa di arti marziali mandò Katerino al tappeto.

STUMB!

Ah, Lady Blue, che roditrice tosta!

E quant'era affascinante, incantevole, elegante, bellissima...

– Grazie, Miss Blue! Ci hai salvato la pelliccia!!! – esclamò Supersquitt.

– Co-come potrei sdebitarmi, Lady Blue? – feci io, INGELOSITO. – Con un invito a cena magar...

– Attento, SuperGer! – gridò Supersquitt.

Per mille mozzarelle... Blacky stava correndo verso di me, con la SPARACONCIME tra le zampe, pronto a colpire!

D'un tratto mi ricordai della FARFALLASER di Copernica.

La posai a terra, sfiorandole la testa e...

... quella cominciò a SVOLAZZARE frullando le ali intorno al brutto muso di Blacky Bon Bon.

– SCIÒ! PUSSA VIA, BESTIACCIA!! – sbottò il capo dei Puzzoni, infastidito.

Un attimo dopo la Farfallaser iniziò a bersagliare BLACKY con il suo micidiale laser di precisione.

– Ahi! Ahi! Ahi! – urlò la pantegana con la pelliccia tutta **BRUCIACCHIATA**.

Intanto, Uno Due e Tre si lanciarono su Supersquitt, ma lui si era già trasformato in una gigantesca paletta di **GOMMA** gialla, che li spazzò via in un colpo solo.

SBOING! SBOING! SBOING!

Lady Blue nel frattempo si era lanciata all'inseguimento di FIELE e MAKULA.

– Beccati questa! – strillò la giovane Bon Bon lanciando addosso a Lady Blue una fiala piena di SUPERCONCIME.

La super-roditrice, però, non si fece prendere di sorpresa: afferrò la fiala al volo e continuò L'INSEGUIMENTO.

A quel punto, Makula si fermò di colpo:

– Ci penso io a questa superscocciatrice!

E provò di nuovo a IPNOTIZZARE la nostra Lady Blue.

– Eh, no! Questa volta non ci casco!!! – disse lei, SCAGLIANDO a terra la fialetta di superconcime.

Il liquido innaffiò dei cespugli di oleandro, i cespugli crearono una superbarriera, e la su-

perbarriera impedì a Makula di ipnotizzare Lady Blue con il suo sguardo magnetico.
Ah, **Lady Blue!** che roditrice astuta!
– SuperGer, guarda là! – mi disse Supersquitt, tirandomi per il mantello.
Sopra le nostre teste *VOLAVA* un elicottero della polizia. – Arrendetevi, Puzzoni! – disse il **COMMISSARIO MUSQUASH** dall'altoparlante dell'elicottero.
Un secondo elicottero sfrecciò nel cielo, innaffiando l'ORTO BOTANICO di una strana pioggerella verdina.
Per mille formaggini stagionati, appena le gocce toccavano terra, i SUPERVEGETALI tornavano a essere semplici e normalissime piante!
– È l'***antidoto!!!*** – esclamò Supersquitt.
– Copernica e i ragazzi ce l'hanno fatta!

MISSIONE COMPIUTA!
È L'ANTIDOTO

– **Ottimo lavoro, Supertopi!** – disse il commissario Musquash, atterrato proprio vicino a noi.

Ma in quel momento...

– Tutti alla **TRIVELLOMOBILE!** – sbraitò Blacky Bon Bon, precipitandosi verso la sua limousine corazzata, parcheggiata dietro le serre tropicali dell'**ORTO BOTANICO.**

Neutrina e Protone scesero dall'elicottero in quel preciso istante, e **PROTONE** (*senza volerlo*) si trovò (*di nuovo*) a tu per tu con (*la perfida*) **FIELE.**

– Protone! – gridò Supersquitt. – Prendila! Fermala!! Acciuffala!!!

Ma Protone divenne **ROSSO** come un superpeperone e non riuscì a muovere un dito.

Mentre la supermacchina corazzata dei Puzzoni si apriva una **VORAGINE** nel terreno grazie alla sua **SUPERTRIVELLA** rinforzata, Fiele Bon Bon mandò a Protone un bacio dal finestrino.

– **A presto, Protoncino!!!** Questa volta avete vinto voi, ma ci **RIVEDREMO!**

UN RITORNO TUTTO ROSE E FIORI!

Poche ore dopo, grazie all'antidoto Anti-Vegetale, **Muskrat City** era ritornata alla normalità. Non c'erano più funghi grandi come case e alberi alti come palazzi: finalmente i **FUNGHI** erano alti come **FUNGHI** e gli alberi come alberi!

Io e Supersquitt, con Copernica e i ragazzi, eravamo tornati dove tutto aveva avuto inizio: a Market Place.

– **Per mille bananille supersoniche!**

Sembra impossibile che poche ore fa questa piazza fosse una giungla presa d'assalto

dai SUPERVEGETALI delle pantegane – sospirò Supersquitt.
– I Puzzoni ci hanno dato del FILO da torcere... – disse Copernica.
– ... Ma finché ci sono i Supertopi, Muskrat City potrà DORMIRE sonni tranquilli! – aggiunse Neutrina. – Non è vero, SuperGer? Ehi, SUPERGER?!?
– Eh? Cosa?! Come?!?
Io non avevo sentito una parola di quello che stavano dicendo i miei amici. Poco lontano da noi, Muskrat TV stava **intervistando** nientemeno che Priscilla Barr.
Più la guardavo e più avevo la sensazione che assomigliasse a **Lady Blue**: quei capelli biondi... quegli occhi blu... quel naso all'insù... Ma certo! Priscilla Barr era...
– ... LADY BLUE! Giusto, supersocio?!? –

disse Supersquitt. – Senza di lei ce la saremmo vista **BRUTTA!** Lo stavo giusto raccontando a Copernica...

– **EHM... SÌ... CERTO...** – balbettai confuso.

Proprio in quel momento, Priscilla si **GIRÒ** verso di noi e ci fece un cenno di saluto.

– **URCAURCAURCA**,

hai visto? – disse Supersquitt. – Priscilla mi sta salutando!

– Ma no... Salutava me! – ribattei io.

– PER MILLE BANANE SIDERALI! ti sbagli! – replicò il mio supercollega. – Stava salutando me!

– Basta LITIGARE! – disse Copernica, mettendosi in mezzo. – Che cosa ne pensate di riprendere le forze con uno spuntino?

E così dicendo, TIRÒ FUORI dalla borsa due minuscoli confetti, li innaffiò con un po' d'acqua, e in un attimo... FLOP!

... ci ritrovammo di fronte a due teglie fumanti di lasagne al taleggio aromatico.

– Protoni e tortelloni! – disse Copernica. – Vi presento la mia nuovissima invenzione: piatti miniaturizzati per spuntini... PRELIBATI!

– **LASAGNE AL TALEGGIO!!!**

– esultò Supersquitt. – Le mie preferite! Gnam!!!

Io gustai in **SILENZIO** quel piatto succulento.

Mancava poco al **TRAMONTO** e per me era tempo di ritornare a Topazia.

– A presto, **Supersquitt!** – dissi. – Nonostante tutto (*ma proprio tutto tutto tutto*), è stato *ehm*... bello combattere al tuo fianco!

– **GIAGIAGIÀ**, supersocio! Anche tu sei un superamico niente male!!!

Poi corsi ad abbracciare COPERNICA, NEUTRINA e PROTONE e finalmente presi il volo, diretto a Topazia.
Il costume mi fece SFRECCIARE nel cielo veloce come un fulmine, poi puntò deciso verso il terrazzino di casa mia.
Aaah... casa dolce casa!
Ma a dire il vero, più che prepararsi all'atterraggio, il COSTUME mi stava facendo precipitare a velocità supersonica!
– No, nooo, noooooo!!!!
... BONK!!!
– Ahiaaaaaa!
Il mio volo finì tra le spine di uno dei miei adorati CACTUS.
Mi rialzai pesto, dolorante, e con il sottocoda trapuntato di spine, ma tirai un bel sospiro di sollievo.

– Sei pieno di spine, ma per FORTUNA, sei un cactus... normale!!!

Dopo averne viste di tutti i colori durante quell'ultima avventura contro i SUPERVEGETALI, di Fiele Bon Bon, ne ero convinto più che mai: con le piante bisogna comportarsi con DOLCEZZA!!! Così decisi di coccolare le mie piantine con un po' d'ACQUA FRESCA e magari... con una bella storia della buona-

notte, come avrebbe consigliato zia Lippa! Mentre sussurravo una ninnananna alle margherite, ai ciclamini e persino al cactus, ripensai alla MISSIONE appena finita e mi convinsi anch'io:

NIENTE È IMPOSSIBILE PER I SUPERTOPI! PAROLA DI SUPERGER!!!

INDICE

Geronimo Stilton

STORIE DA RIDERE

1. Il misterioso manoscritto di Nostratopus
2. Un camper color formaggio
3. Giù le zampe, faccia di fontina!
4. Il mistero del tesoro scomparso
5. Il fantasma del metrò
6. Quattro topi nella Giungla Nera
7. Il mistero dell'occhio di smeraldo
8. Il galeone dei Gatti Pirati
9. Una granita di mosche per il Conte
10. Il sorriso di Monna Topisa
11. Tutta colpa di un caffè con panna
12. Il mio nome è Stilton, Geronimo Stilton
13. Un assurdo weekend per Geronimo
14. Benvenuti a Rocca Taccagna
15. L'amore è come il formaggio...
16. Il castello di Zampaciccia Zanzamiao
17. L'hai voluta la vacanza, Stilton?
18. Ci tengo alla pelliccia, io!
19. Attenti ai baffi... arriva Topigoni!
20. Il mistero della piramide di formaggio
21. È Natale, Stilton!
22. Per mille mozzarelle… ho vinto al Tototopo!
23. Il segreto della Famiglia Tenebrax
24. Quella stratopica vacanza alla pensione Mirasorci…
25. La più grande gara di barzellette del mondo
26. Halloween... che fifa felina!
27. Un vero gentiltopo non fa... spuzzette!
28. Il libro-valigetta giochi da viaggio
29. L'isola del tesoro fantasma
30. Il Tempio del Rubino di Fuoco
31. La maratona più pazza del mondo!
32. Il libro dei giochi delle vacanze
33. Il misterioso ladro di formaggi
34. Uno stratopico giorno... da campione!
35. Quattro topi nel Far West!
36. In campeggio alle Cascate del Niagara
37. Ahi ahi ahi, sono nei guai!
38. La vita è un rodeo!
39. La Valle degli Scheletri Giganti
40. È arrivata Patty Spring!
41. Salviamo la balena bianca!
42. Lo strano caso della Pantegana Puzzona
43. Lo strano caso dei Giochi Olimpici
44. Ritorno a Rocca Taccagna
45. La Mummia senza nome
46. Lo strano caso del vulcano Puzzifero
47. Agente segreto Zero Zero Kappa
48. Lo strano caso del tiramisù!
49. Il Mistero degli Elfi
50. Il segreto del Lago Scomparso
51. Te lo do io il Karate!
52. Non sono un supertopo!
53. Il furto del Diamante Gigante
54. Ore 8: a scuola di formaggio!
55. Chi ha rapito Languorina?
56. Non mi lasciare, Tenebrosa!
57. La corsa più pazza d'America!
58. Attacco alla statua d'oro!
59. Lo strano caso del Sorcio Stonato
60. Il tesoro delle Colline Nere
61. Il mistero della perla gigante
62. Sei ciccia per gatti, Geronimo Stilton!
63. Che fifa sul Kilimangiaro
64. Lo strano caso del fantasma al Grand Hotel
65. Il mistero della gondola di cristallo
66. Brodo di topo... e ghigni felini
67. Lo strano caso del calamarone gigante
68. Il segreto dei tre samurai
69. Datti una mossa, Scamorzolo!
70. Da scamorza a vero topo... in 4 giorni e mezzo!
71. Lo strano caso della Torre Pagliaccia
72. Lo strano caso del ladro di notizie
73. Sei in trappola Geronimo Stilton!
74. Il mostro di Lago Lago
75. C'è poco da ridere, Stilton
76. S.O.S. c'è un topo nello spazio!
77. La Banda del Gatto
78. Grosso guaio in Mato Grosso
79. Giù le zampe dal mio oro!
80. Viaggiare... che passione!
81. Ingrana la marcia, Stilton!
82. Inseguimento a New York
83. Ci mangeremo Geronimo Stilton
84. Che vacanza a Rocca Taccagna!
85. Il ladro di croste

Dov'è sparito Falco Rosso?
7. Geronimo cerca casa
8. Il tesoro di Valle Valgatta
89. La gara dei supercuochi
90. Lo strano caso dei brufoli blu
91. Il mistero delle Sette Matrioske
92. Caccia al libro d'oro
93. Il tesoro di Rapa Nui
94. C'è un pirata in internet!
95. Una tremenda vacanza a Villa Pitocca

I PREISTOTOPI

1. Via le zampe dalla pietra di fuoco!
2. Attenti alla coda, meteoriti in arrivo
3. Per mille mammut, mi si gela la coda!
4. Sei nella lava fino al collo, Stiltonùt!
5. Mi si è bucato il trottosauro!
6. Per mille ossicini, vai col brontosauro!
7. Dinosauro che dorme non piglia topi
8. La tremenda carica dei Tremendosauri
9. Mordosauri in mare... tesoro da salvare!
10. Cadono notizie da urlo, Stiltonùt!
11. Trottosauro contro l'ostrica mannara
12. Polposaura affamata... coda stritolata!

I COSMOTOPI

1 Minaccia dal pianeta Blurgo
2 Un'aliena per il capitano Stiltonix
3. L'invasione dei dispettosi Ponf Ponf

TENEBROSA TENEBRAX

1. Tredici fantasmi per Tenebrosa
2. Mistero a Castelteschio
3. Il tesoro del pirata fantasma
4. Un vampiro da salvare!
5. Il rap della paura
6. Una valigia piena di fantasmi
7. Brividi sull'ottovolante
8. Il pauroso segreto di Sotterrasorci
9. Il risveglio del Brividosauro
10. Il fantasma del Teatro dei Sospiri
11. Il misterioso Mostro di Lagoscuro
12. Tutti a tavola, la bava è servita!
13. Buon lugubre compleanno, nonno!
14. Il ballo della mummia dispettosa
15. Il segreto della palude puzzolente
16. Una sfilata da brivido

TEA SISTERS

1. Il codice del drago
2. La montagna parlante
3. La città segreta
4. Mistero a Parigi
5. Il vascello fantasma
6. Grosso guaio a New York
7. Il tesoro di Ghiaccio
8. I naufraghi delle stelle
9. Il segreto del castello scozzese
10. Il mistero della bambola nera
11. Caccia allo scarabeo blu
12. Lo smeraldo del principe indiano
13. Mistero sull'Orient Express
14. Mistero dietro le quinte
15. La leggenda dei fiori di fuoco
16. Missione "Flamenco"
17. Cinque amiche per un leone
18. Sulle tracce del tulipano nero
19. Una cascata di cioccolato!

VITA AL COLLEGE

1. L'amore va in scena a Topford!
2. Il diario segreto di Colette
3. Tea Sisters in pericolo!
4. Sfida a ritmo di danza
5. Il progetto super segreto
6. Cinque amiche per un musical
7. La strada del successo
8. Chi si nasconde a Topford?
9. Una misteriosa lettera d'amore
10. Un sogno sul ghiaccio per Colette
11. Ciak si gira a Topford!
12. Top model per un giorno
13. Missione "Mare pulito"
14. Il codice del drago
15. Il club delle poetesse
16. La ricetta dell'amicizia
17. Gran ballo con il principe
18. Il fantasma di Castel Falco
19. Campionesse si diventa!
20. Più che amiche... sorelle!
21. Un matrimonio da sogno
22. Cinque cuccioli da salvare
23. Il concerto del cuore
24. Mille foto per una top model
25. La montagna parlante
26. Il tesoro dei delfini azzurri
27. A lezione di bellezza

CARI AMICI RODITORI, ARRIVEDERCI AL PROSSIMO LIBRO

Questo libro non è vendibile se sprovvisto del presente tagliando
PROVA D'ACQUISTO
GERONIMO STILTON
SUPERTOPI
N°4